I0550785

LE
TRIOMPHE
DE IESVS

AV TRES-SAINCT
SACREMENT
DE L'AVTEL,

ET L'HISTOIRE MIRACVLEVSE
De l'Inſtitution de ſa Feſte.

TIRE'E DES ANNALES ECCLESIASTIQVES
de la Suite de Baronius par Bzouius, & des Autheurs qu'il y
rapporte és années 1230. 1264. & 1313. & de la Clementine
vnique *de Reliquiis & veneratione Sanctorum*, & autres lieux.

OEVVRE NON ENCORE VEVË.

A PARIS,
Chez RENE' MAZVEL, ſur le milieu du Pont S. Michel,
à l'enſeigne de la Chaſſe Royale.

M. DC. XLVIII.
Auec Appro ati , & Permiſſion.

Z 2120
-V-906

IHS.

LE
TRIOMPHE
DE IESVS
AV TRES-SAINCT
SACREMENT
DE L'AVTEL,

ET L'HISTOIRE MIRACVLEVSE DE
L'INSTITVTION DE SA FESTE.

E chante vn Homme-Dieu *IESVS* Roy *de la Gloire,*
Son Triomphe esclattant, sa pompeuse victoire,
Où l'on porte son Corps, le Peuple le suiuant,
D'vn cœur humble & deuôt, pas à pas l'adorant :
Luy, benissant aussi ses troupes mieux aimées,
Paroissant à ce jour le grand Dieu des Armées.

    O Tres-sainct Sacrement, object de mon amour,
Sacré Memorial, où Dieu fait son sejour,
Donnez-moy que ie trace, ô IESVS adorable,
Ce jour où l'on vous void tout grand, tout admirable.

    Vne Religieuse appellée en son nom
Iullienne, deuote, & d'illustre renom,

A ij

Pour fa pieté rare, außi pour fa fcience,
Vierge & comme Prophete auoit la prefcience,
Déueloppant à tous le fecret de leurs cœurs,
Chaftiant fon corps tendre en d'aufteres rigueurs,
Adiouftant à fes vœux, l'Oraifon, le cilice,
Domptant par fa vertu toute forte de vice;
Montant par les eflans de fa deuotion,
Faifant au plus haut Ciel fa meditation,
Conferant auec Dieu dans fon plus fainct extafe,
Lors que le feu d'amour plus fortement l'embrafe,
Elle void dans le Ciel les Efprits bien-heureux,
Vaillante elle combat les Demons mal-heureux,
Contraints de confeffer qu'vne fi foible fille
Par fa virginité rend leur force inutile.
Ses miracles diuers remplilloient les efcrits
Des Poëtes fçauans, & des plus beaux efprits:
Seruoit les corps infects de la leproferie,
Amenez iour à iour, d'autour de fa patrie,
Proche de la Cité, que baftit Sainct Hubert,
Prince iffu de nos Rois, fucceffeur de Lambert,
Eleuant iufqu'au Ciel l'Eglife Cathedrale,
Y tranfporte à jamais la Chaire Epifcopale.
Le Pape en vifion void que le fainct Martyr
S'en eft volé au Ciel à fon dernier fouffir:
Commandé de s'affeoir à la porte du Temple
Et que le Pelerin eftranger il contemple;
Et le confacre Euefque au lieu de fainct Lambert,
Luy reuelant que c'eft le Prince fainct Hubert,

Choiſi dés ſa naiſſance, Apoſtre des Ardennes,
Pour guerir & ſauuer de la rage & ſes peines.
Sur le champ on ne trouue vne Eſtole à propos,
Vn Ange en apporte vne & la met ſur ſon dos :
C'eſt elle que lon couppe, & au front on inciſe
Entre la chair & peau, au milieu elle eſt miſe,
Et tous par la vertu de ce ſainct Ornement,
Sont gueris, preſeruez d'vn ſi cruel tourment.
Et quoy que tous les iours on couppe de l'Eſtole,
Par plus de neuf cens ans elle demeure molle,
Auſſi longue, auſſi freſche, auec autant de tour,
Que quand l'Ange du Ciel l'apporte au premier iour.

La Ville du Liege eſt doncques proche à l'heure
Que ſaincte Iullienne auoit là ſa demeure,
Au mont Cornelien, ce lieu tant renommé ;
Auiourd'huy dans la Ville, ainſi qu'eſt renfermé
Dans les murs de Sion, le ſainct lieu du Caluaire,
Où pour noſtre ſalut mourut le Salutaire.

A cette Saincte Vierge aux premiers de ſes ans,
S'apparoiſt vne Lune, eſclatante au dedans,
Dont le corps lumineux eſt couppé d'vne fente,
Qui bleſſe ſon viſage, & la rend meſcontente.
Elle ſouffre douleur de voir vn ſi beau Corps,
N'auoir pas ſa pleineur au dedans & dehors.

Cét obiect aſſidu ſi long temps à ſa face,
L'aſſiege & l'importune & ſe rend vne glace,
Vn miroir portatif, qui tout par tout la ſuit,
En veillant, en dormant, & de iour & de nuit,

En vain elle s'efforce à chaſſer cét Image,
Plus elle y met de temps, plus il prend d'aduantage,
Plus cette viſion d'vn ſouci nompareil
S'attache à l'intellect, ſe fait voir à ſon œil.

 Elle prie IESVS, ſon Eſpoux adorable,
De bannir cét obiect, qui n'eſt pas agreable,
Elle employe les Saincts, à le prier auſſi,
Dieu ne l'exauce point, & s'accroiſt ſon ſouci;
Se croit eſtre obſedèe & ſon cœur en martyre.

 Elle varie & croit, que l'Aſtre veut prédire
Quelque Myſtere grand, que Dieu veut en nos iours
Produire pour ſa gloire, eternelle à touſiours,
Le prie en conſequence à ne luy vouloir taire
La fin de ce prodige, & ſon ſacré myſtere.

 IESVS la voyant ſouple à ſon intention,
S'apparoiſt à ſon ame en ſa deuotion;
Il luy dit : Iullienne, ouure moy ton oreille,
Ie te feray ſçauoir le poids & la merueille.

 La Lune eſt mon Egliſe, & cette fraction
Eſt le manque qu'elle a, d'vne illuſtre action,
D'vne ſolemnité, d'vne Feſte, vne pompe,
Qui par la vraye Foy tout le monde détrompe
De l'erreur que Satan s'efforce de ſemer
Dans les foibles eſprits qui ne ſçauent m'aimer
Au Tres-ſainct Sacrement, où ie ſuis en preſence,
Mon Corps, mon Ame, & Dieu en ma réelle eſſence:
Mon Corps par la parole; Auſſi-toſt le mot dit
Mon Ame ſuit le corps vnie à mon Eſprit.

Ie ſuis là tout entier, Perſonne indiuiduë,
Toute la Trinité y eſt ſous-entenduë,
Et tous trois vn ſeul Dieu y ſommes par effeɕ :
Et à cette creance, il faut que l'intelleɕ
De l'homme ſe ſouſmette, & par là ſe bien-heure,
Prenne vie en moy-meſme, & auec moy demeure.
Ou s'il eſt infidelle, & ne le croye pas,
Son ame eſt déſja morte, & deſcendra là bas,
Malheureux à iamais, eſclaue de la peine,
Fils aiſné de la mort en l'eternelle gehenne.

Afin donc que le peuple aye vne pleine foy
De ce ſainɕ Sacrement, & croye que c'eſt Moy,
Ie veux qu'vne fois l'an, il s'en face la Feſte,
Et la Proceſſion, & chacun s'y appreſte,
Afin que l'on cognoiſſe à la deuotion,
Ou à l'impieté, de tous l'intention;
Qu'on cognoiſſe les miens deſtinez à la gloire,
Triomphans glorieux de ma propre viɕoire,
D'auec les reprouuez, qui vains me fuïront,
Et morts dés cette vie, aux Enfers ils iront.
Les vacillans auſſi, de qui la foy balance,
Flotans comme roſeaux auront par ma preſence,
Et ce grand témoignage à la face de tous,
Dequoy ſe rendre forts & ſe tenir à Nous.
Si deux ou trois teſmoins font vne pleine preuue,
N'eſt ce pas en ce iour qu'entiere elle ſe treuue,
Où tant de millions confondent les erreurs
Des Heretiques fols, qui doutent en leurs cœurs.

Moy , qui fuis là prefent, ie benis les fidelles ,
Ie condamne & maudits ceux qui me font rebelles.

 Ie te commande donc, & veux qu'inceſſamment
Tu faces cette Feſte à mon ſainɔ̃t Sacrement;
Portes-en la parole , & la donne à entendre
A ceux qui par leurs ſoins la charge en doiuent prendre.

DEVXIEME CHANT.

LA ioye ineſperée & le commandement
 Que receut Iullienne, eſt vn eſtonnement
Si puiſſant que Iᴇsᴠs s'envolant en la nuë,
Elle eſt long-temps auant que s'eſtre recognuë.

 A peine que ſon ame en ce trop vif eſclat
Ne ſuiue ſon Eſpoux ; & la laiſſe en l'eſtat
D'immobile, en extaſe, en effeɔ̃t comme morte,
Tant la grace Diuine eſt abondante & forte.
Comme elle eſt de retour dedans ſes premiers ſens,
Que ſon ame eſt à elle & ſes eſprits preſens,
Elle void ſa foibleſſe, & ſa haute entrepriſe,
Vne ſi grande Feſte introduire en l'Egliſe,
Elle prie & ſupplie auec deuotion,
Qu'on ne luy donne pas cette commiſſion;
Qu'on l'abſolue du tout, qu'on la donne à vn autre ;
A quelque ſainɔ̃t Prelat, & qu'il en ſoit l'Apoſtre.

 Mais ne peut l'obtenir. Ainſi s'enhardiſſant ,
Elle prend du courage, & tout haut profeſſant

Qᴜᴇ

Que Dieu veut establir vne Feste si grande,
Elle en parle auec zele, à tous elle demande
Qu'on se porte à ce bien, & qu'on rende au plustost
Cet hommage à Iesvs d'vn cœur humble & deuôt.

   Elle en parle premier à vn Iean de Lansenne,
Chanoine à sainct Martin, que saincte Iullienne
Aimoit pour sa vertu, sa probité, ses mœurs,
Et la seuerité des austeres rigueurs,
Dont il reduit son corps en dure seruitude,
Le chastiant sans cesse; & toute son estude
Est, ou qu'il parle à Dieu tousiours en le priant,
Ou que Dieu parle à luy tousiours estudiant.
Ieusnant & sur son corps portant l'aigu cilice,
Ne perdant vn moment des soins de son Office.
Son exemple parfait à tous est vn Tableau
Acheué, dont la main retire le pinceau,
Remplissant l'intellect des plus belles idées,
Comme ses actions leur estant commandées.
De faict il sceut empraindre au courage de tous,
Tant de zele & serueur qu'humblement à genoux
D'vn cœur tout enflamme d'vne pure franchise
En firent vœu à Dieu tous ceux de son Eglise,
On celebre la Feste, on la produit au iour
En la Procession est porté tout autour
Le Tres-sainct Sacrement d'vne pompeuse gloire,
Triomphant deuant tous par sa propre victoire
La Banniere, la Croix, les torches, les flambeaux,
Sont vne ombre au Soleil & font des iours nouueaux,

                                        B

Le Clergé reueſtu des richeſſes d'Afrique,
Marchoit pompeuſement au dehors magnifique,
Mais humble dans le cœur d'harmonie & de voix
Celebre iuſqu'au Ciel la gloire de la Croix;
Chantans les Hymnes ſainCts & imitans les Anges,
Font retentir par tout I E S V S & ſes loüanges.
I E S V S duquel le Corps eſt porté ſous vn dais,
Plus riche que les Rois n'en ont en leurs Palais.
Le Preſtre tient en main l'Hoſtie conſacrée,
Elle eſt veüe de tous, & de tous adorée.
Vn Cryſtal diaphane, éblouïſſant les yeux,
Couure de toutes parts ce Corps ſi precieux,
Qui darde dans le cœur tant de feux, de lumieres,
Que des larmes d'amour en moüillent les paupieres,
C'eſt vne ſource viue & dont les ſainCtes Eaux
Vont arroſant la terre & croiſtre les ruiſſeaux;
Par les rüës on tend les riches broderies,
Les Tableaux de grand prix & les Tapiſſeries:
Le fonds jonché de fleurs, de Roſes & de Thyns,
L'air muſqué tout autour de l'odeur des Iaſmins.
Du haut toiCt des maiſons, & de chaque feneſtre,
On void de pas en pas vne main appareſtre
Eſparpiller des fleurs, qui voltigeans en l'air,
On les void ſur le Preſtre ou ſur le dais aller.
Pour faire honneur à Dieu & celebrer ſa gloire,
Son Triomphe, ſon prix, ſa grandeur, ſa viCtoire.
La pointe des clochers fait auſſi bruire vn ſon;
Les Cloches s'accordans, chantent vne chanſon;

Si haut dedans les airs que la Feſte ſacrée
A percé iuſqu'au Ciel en la voute ætherée.
Deux Chanoines eſmeus de leur deuotion
Ont donné de leurs biens à cette intention,
Qu'à iamais en l'année en tout le Territoire
On celebraſt ainſi de IESVS la Memoire.
Pour accroiſtre ſa gloire & emflammer les cœurs,
De ſa parfaite amour & les rendre vainqueurs
De la mort eternelle, & pleins de ſa juſtice,
Euiter de l'Enfer la peine & le ſupplice.
Pour iouïr de luy-meſme & le voir de nos yeux,
Tel qu'il eſt face à face, en ſa Gloire és hauts Cieux.

    A ce Chanoine donc, cet illuſtre Lanſenne
Reuele ſon ſecret ma ſainſte Iullienne.
Il luy diſt : Ie cognois vn homme de grand Nom,
Ie vous l'ameneray ſi vous le trouuez bon ;
Il eſt pieux & doſte, Archidiacre en l'Egliſe,
Il gouuerne l'Eueſque, & par ſon entremiſe
Il luy peut faire faire auec auſtorité,
Comme il faut en ce cas de telle ſainſteté.

    La Sainſte luy reſpond : Ie remets la conduite
A vos ſages conſeils, Dieu en face la ſuite.
Se ſeparans tous deux par des langages tels,
La ſainſte ſe retire au pied des ſainſts Autels,
Où d'vn eſlan deuôt les pleurs ſur le viſage,
Toute ardante d'amour tint à Dieu ce langage.

    O IESVS mon Sauueur, IESVS mon cher Eſpoux,
Ie me iette à vos pieds courbe ſur mes genoux,

I'ay ſuiuy voſtre voix, ſemé voſtre parole,
Appriſe dedans Vous, puiſée en voſtre eſchole,
Faites qu'elle produiſe, & porte tant de fruicts,
Que les Cieux en ſoient pleins, & les Enfers deſtruits.

TROISIEME CHANT.

„ QVAND vn cœur genereux eſt picqué de la gloire,
„ Il ne ceſſe iamais qu'il n'ait eu la victoire;
„ Qu'il ne ſoit paruenu au but où il pretend :
„ Mais alors qu'il s'agit du ſalut qu'on attend,
„ De la gloire de Dieu, du Bien Souuerain meſme,
„ Le deſir eſt tout grand, le deſir eſt ſupreſme.
„ La paſſion ſe joint auec la volonté,
„ Plus on retarde vn bien, plus il eſt ſouhaité.
　Noſtre Lanſenne ainſi picqué de la parole
De Saincte Iullienne, il court du pied, il vole,
Va trouuer l'Archidiacre, & l'enflamant auſſi
Luy fait part de ſa grace, & le met en ſouci :
Tous deux de meſme pas s'en vont à Iullienne,
Tous trois deuant l'Autel luy a dit ce Lanſenne.
　Ma Sœur, voicy Monſieur, à qui i'ay fait ſçauoir
Voſtre deuotion, il a bien du pouuoir
Sur Monſieur noſtre Eueſque, & ſe peut bien promettre
De faire reüſſir ce qu'on veut luy commettre.
C'eſt Monſieur l'Archidiacre, & vient pour s'éjouïr
En la gloire de Dieu, vous voir & vous ouïr.

Elle alors le contemple, & de pres face à face,
Soudain elle se pasme, est froide comme glace,
Et rauie en extase, elle va jusqu'aux Cieux,
Son corps demeure roide, & meurent ses deux yeux;
On l'eust creüe expirée enuiron vn quart d'heure,
Sans poux, sans mouuement, sinon qu'elle demeure
Tousjours en son seant, son corps ne tombe pas,
Preuue qu'elle est viuante, exempte du trespas.
Comme elle eut dans le Ciel cognu la destinée
De ce grand Archidiacre, elle en est retournée,
Recouure ses esprits & se jette à genous,
Elle baise ses pieds & l'honore sur tous.

Sainct Pere, luy dit-elle, aggréez que ie face
A vostre Saincteté cette premiere grace,
De vous appeller Pape, ainsi que le serez,
Sur la fin de vos ans, & la Chaire tiendrez
Trois ans vn mois cinq jours, & lors vne Comete,
Messagere de mort sonnera la retraicte;
Auparauant Euesque, & puis apres osté
Vous serez Patriarche en la Saincte Cité;
Désja vn Archidiacre en vostre mesme Eglise,
A la triple couronne, & Dieu vous l'a promise:
Ce fut Estienne Neuf, & vn autre apres vous
Sera Gregoire Dix, Vous au milieu de tous
Pape Vrbain Quatriéme emporterez la gloire,
D'introduire en l'Eglise vne telle victoire,
Que IESVS veut auoir en ce sainct Sacrement
Contre ses ennemis, & faire voir comment

Il fçait bien triompher des Teftes couronnées,
De l'Enfer, de l'erreur, & des ames damnées,
Voftre trop prompte mort caufera toutefois
Que tous n'obeïront à vos vœux, à vos Loix;
Mais cinquante ans apres en fera la Practique,
Par vn Tres-facré-Sainct Concile Oecumenique,
Affemblé dans la France en prefence des Rois,
Tres illuftres deuots & au nombre de trois,
De France & d'Arragon, auſſi de l'Angleterre,
Qui tous feront la Fefte en ce rond de la terre.

    O Dieu que tu es grand, ô Dieu que tu es bon!
O Dieu que tu es jufte, & que Sainct eft ton Nom!
Ie ne m'étonne plus que pour cette nouuelle,
Vous vous foyez ferui d'vne jeune pucelle,
Qui n'eft rien deuant vous, finon vn peu d'amour,
Qui m'embrafe & m'enflame à vous faire la cour,
Par ma deuotion & mon humble priere,
Que vous preniez mon ame à mon heure derniere;
Puis qu'à mes yeux ie voy le fils d'vn Sauetier,
De la ville de Troye, iffu d'vn vil meftier
Eleué par degrez à la Chaire Papale
Ne voyant à fes pieds nul autre qui l'égale!

    Allez donc Preftres faincts, allez le Pape Vrbain,
Trauailler à l'ouurage & non de morte main.

    Elle les quitte & eux eftonnez en leur ame
D'vn difcours fi eftrange, & dont on ne la blâme,
Ils publient à tous le vouloir du grand Dieu,
La Fefte de fon Corps fe garder en tout lieu,

Se faire & celebrer en Memoire eternelle,
Que le peuple l'adore & se sauue par elle.
L'Heretique confus de voir que malgré soy
IESVS y est porté, suiuy comme vn grand Roy,
Creu tel de tout fidelle, & que tel on l'adore,
Et tel qu'il est aux Cieux en la terre on l'honore.

Iullienne est contente en ce commancement,
Elle espere l'issuë encor plus hautement.
Elle employe vn Docteur à composer l'Office,
Du Tres-sainct Sacrement pour faire le seruice
Pendant toute l'Octaue, où se dit vn Sermon,
Par lequel de IESVS on louë son beau Nom,
Par sa parole on preuue en sa volonté mesme,
Sa presence réelle en sa gloire supresme:
Car sa gloire le suit, & n'est point en vn lieu,
Que sa gloire ne marche ainsi que du grand Dieu,
Enuironné de Saincts, de sa Mere & des Anges,
Qui d'vn chant eternel celebrent ses loüanges.

Elle sceut au Païs vne Vierge de nom,
Vne Religieuse & d'illustre renom,
Par priere elle fit qu'elle l'eut auprés d'elle,
Pour parler de la Feste, elle & son Isabelle.
Que Dieu pour son secours voulut illuminer
Luy faire voir la fin, où s'alloit terminer
Vne pompe si grande au profit de sa gloire
Sur l'enfer, l'heresie emporter la victoire.

Mais Eue la recluse en la mesme Cité,
Cognut apres ces deux la mesme verité,

Rauie dans les Cieux, void Dieu dedans son throne,
Que les Anges, les Sainɛts, & la Gloire enuironne,
Supplié par eux tous d'introduire çà bas,
Sa gloire en cette pompe & ne retarder pas.
Disans: Seigneur, Satan a semé son yuraye,
Et sa doɛtrine fauce au milieu de la vraye,
Et comme ton Royaume est au milieu du cœur,
Seigneur, pour t'en priuer il y seme l'erreur,
Enseignant que ton Corps n'est plus dessus la terre.
Cette Feste luy fait vne mortelle guerre,
Professant en public que ton humanité,
Et ton Corps & ton Ame, & ta Diuinité,
Sont en ce Sacrement. Partant tout admirable,
Tout glorieux, tout Sainɛt, tout grand, tout adorable.
    Ma Iullienne éleue vne autre Vierge ainsi
Qu'elle veut sous sa main, saincte, deuote aussi,
L'enfantant à IESVS par son sainɛt Euangile,
A l'aimer, le cognoistre, elle la rend habile,
Luy donne l'entretien auec son cher Espoux,
Luy apprend à joüir de ses baisers plus doux,
D'vne deuotion si forte elle l'embrase
Qu'elle est souuent rauie, & son ame en extase.
Eue est aussi son nom, & brusle dans son cœur
De voir cette grande Feste en sa pleine vigueur.
Et comme Dieu tousjours donne ce qu'on desire,
Elle enfin pour sa gloire en souffrit le martyre,
Lapidée de coups dans les Vignes de Dreux,
Les ennemis de Dieu, ces tygres mal-heureux,

Pour

Pour le sainct Sacrement la traiterent de sorte
Que de coups redoublez elle demeura morte.

Son sang tout respandu, moururent ses deux yeux,
Son corps tombe par terre, & l'ame vole aux Cieux.
Sa constance inuincible accreut à ces Druides
Le merite & la Foy que les ondes fluides
De ce sang virginal, rendirent vn ciment
Pour les vnir ensemble à ce sainct Sacrement.

    Cette infidelité jettoit là ses racines,
Que l'on ne croyoit pas que les forces diuines
Se portassent au poinct de faire que son Corps
Fust au Ciel en vn lieu, & en mille dehors.

    Vn Prestre en ce lieu mesme en celebrant la Messe
Douta de ce Mystere, & par vne foiblesse,
Veut par experience vne preuue à sa Foy,
Il picque, impieté ! & pousse de son doigt
Vne aiguille dedans l'Hostie consacrée,
Il en sortit du sang, & cette onde pourprée
Ensanglanta l'Hostie, & luy espouuanté
Au peuple recognoist son infidelité,
Saisi, surpris, confus, à l'Euesque il confesse
Sa faute, il est priué, de iamais dire Messe.

    Ce faict est veritable, & ce peuple deuôt
Garde encore l'Hostie, & souffriroit plustôt
Le martyre & la mort, que non pas l'infidelle,
Et de nos iours encor vne heresie telle,
N'entre point dans ses murs, ny qui en est infect,
Et depuis trois cens ans on void ce bel effect

Que l'Hostie empourprée, est encore, ô merüeille !
Comme à son premier iour, toute blanche & vermeille,
Blanche où le sang n'a pas son beau teint emporté,
Vermeille où le sang mesme à son beau teint gasté,
Toute entiere & le temps ne la point corrompuë,
Tous les ans on la void & ne s'est point rompuë.

  Le Martyre & le Sang de la Vierge a serui,
Et la deuotion de ce peuple a suiui,
Faisans solemnité tous les ans à saincte Eue,
Et l'vn de ses Faux-bourgs s'appelle aussi Sainct-Eue,
De ce nom à l'issuë est aussi vne Croix,
Plantée au mesme lieu qu'elle perdit la voix,
Et rendit l'ame à Dieu, consacrant cette place,
Par son sang à IESVS pour auoir eu sa grace.
Plus outre on a coupé le chemin au plus haut,
Renfermant par respect tout ce qui luy defaut
A la suite en directe, & tout ce Territoire
Est sacré par son sang à sa pleine victoire.
Tous les ans à ce iour on fait Procession
A cette saincte Croix en grand deuotion,
Portant & reportant ses os & son squelete,
Comme vn sainct Reliquaire en pieté parfaite.

  Saincte Eue, obtenez moy de IESVS vostre Espoux,
Qu'vn iour apres ma mort ie puisse estre auec vous,
Par mes vœux acquerant vne mesme victoire,
Iouïssant comme vous du repos de sa gloire.

  Ma saincte Iullienne eut la vexation
De fuïr, éuitant la persecution,

Et mourut estrangere en terre non cognüe,
On veid voller au Ciel son ame dans la nuë :
,, La recompense aux Saincts est de mourir Martyrs,
,, C'est là toute leur gloire, & là tous leurs desirs.

    Mais nous courons par trop, retournons au Liege,
D'où nous sommes sortis. L'Euesque en ce Siege,
Robert d'illustre nom, fils du Comte de Pons,
Decreta cette Feste, & tous ses huiĉt Sermons
En tout son Diocese, en chacune parroisse,
Eglise & Monastere, afin qu'il apparoisse
A la Terre & aux Cieux quel est son sentiment,
Sa creance & sa foy de ce sainĉt Sacrement :
Que c'est IESVS-CHRIST mesme en toute sa substance,
En son Corps, en son Ame, en sa diuine Essence :
Partant tout adorable, & comme il l'est aux Cieux,
Les Anges & les Saincts l'adorent en ces lieux.

    Il ne fut pas suiuy, sa mort precipitée,
Fit que sa volonté ne fut executée,
Quoy qu'Hugues Cardinal, tout exprés y passast,
Et par vn sainĉt discours la leur persuadast
Par ses viues raisons, sa diuine eloquence,
Faisant voir le merite & la grand consequence ;
Le Clergé le promit, mais luy se retirant,
Ces esprits indeuôts firent comme deuant.
Non pas impunément : Car Dieu pour sa vengeance,
Mit dedans le tombeau par sa main cette engeance.
Passerent en Prouerbe, & le peuple disoit
Que c'estoit par iustice, & que Dieu le faisoit :

Eux mefmes defirans cette Augufte Memoire,
Pour eftablir en Terre à I E s v s cette gloire.

QVATRIEME ET
dernier Chant.

DES-I A noftre Archidiacre eftoit le Pape Vrbain
    Commandant par fa voix à tout peuple Romain
Euefque de Verdun, Patriarche en Solime,
Au dernier de fes ans, rien encor ne l'anime,
A eftablir la Fefte en ce rond vniuers,
Et la porter parmy tant de peuples diuers :
Dieu tout bon le réueille, & par vn grand miracle,
Fait frapper à fes fens la voix de fon Oracle.
    Vn Preftre celebrant vne Meffe à l'Autel,
Tenant entre fes mains I E s v s tout immortel,
L'Hoftie confacrée, eut vn doute en fon ame,
Vne infidelité, l'outreperce & l'entame,
En fon cœur palpitant fur cette verité
Que fuft là fon vray Corps & fa Diuinité,
Et comment il fe peut qu'vn mot tranfubftantie
Vne nature en autre, & dont il fe défie.
Lors, miracle ! ce Corps qu'il tient entre fes mains
Verfe tant de pur fang, qu'en font couuerts & pleins
Les Corporaux facrez, les Linges, & les Langes,
Adorez de fa Mere, & des Sainéts, & des Anges.

Confus de ce miracle, en son cœur tout surpris,
D'vn repentir amer, & d'amour est espris,
Il croit parce qu'il void, desormais tres-fidelle,
Et luy-mesme à sa honte, il en dict la nouuelle,
Tout le peuple s'assemble, & le faict important,
On appelle l'Euesque, & le peuple l'entend.

A Bolsene en l'Eglise où est saincte Christine
Tout aupres d'Oruiete, où le Pape domine,
Et où il estoit lors auec toute la Cour
Des Cardinaux de Rome, où tous faisoient sejour,
Arriue ce miracle, au Pape on le va dire,
Qui gemit en son cœur, il larmoye, il souspire,
Il le fait raconter vne, deux & trois fois,
Et d'vne circonstance il en veut faire trois,
Il se fait apporter par l'Euesque en grand pompe
Ces Corporaux sacrez où l'erreur se detrompe.
Tout le peuple le suit en grand deuotion,
Et toute la contrée est en Procession,
Lors Vrbain se souuient de saincte Iullienne
Et de sa Prophetie, & de son ancienne
Promesse, auec serment d'establir en tout lieu,
Le Triomphe & la Feste au Tres-sainct Corps de Dieu.
Il le fait donc alors par Bulle souueraine,
A laquelle souscript toute la Cour Romaine.
A saincte Eue recluse il en enuoye aussi
Vn Bref porteur de ioye, vn Bref chasse souci,
Sçachant son soin ardant & son desir extrême,
Que IESVS aye icy cette gloire suprême,

Sainct Thomas commandé parfit excellemment
L'Office tout entier du Tres-sainct Sacrement,
Pour le iour & l'Octaue, & sainct Bonauenture
Y mit aussi la main : mais comme en la peinture
On regarde la grace & le iour du pinceau,
Les beaux éloignemens pour le prix du tableau,
Trouua que S. Thomas auoit porté l'ouurage
A vn si haut degré, qu'il ne peut dauantage.
C'est celuy que l'on chante, & par tout l'vniuers,
N'est rien de dissemblable en la Prose & aux Vers.
Tout cela confirmé au Concile de Vienne,
Afin qu'en quelque lieu que la Bulle paruienne,
On pratique la Feste auec deuotion,
Adorant IESVS-CHRIST en la Procession,
Tesmoignage public, distinguant l'heretique,
Infidelle à IESVS d'auec le Catholique,
Qui seul croit & confesse en cette verité
Là est IESVS en Corps & en Diuinité,
En Corps par la parole, en Ame par sequelle,
En sa Diuinité par essence réelle,
Pain transsubstantié au Corps, le vin au Sang,
Où la Diuinité tient là son plus haut rang.

  Pour preuue du miracle on a basti vn Temple
En la Vieille-ville où par tout on contemple,
En pourtraits releuez embellissans le lieu,
La gloire, la grandeur, la Majesté de Dieu.
L'excellence de l'art surpasse la matiere,
L'or, l'azur & le marbre esclattans de lumiere,

En ce rond Vniuers il n'y a rien de tel,
On diroit qu'il n'est fait par vn homme mortel:
Au lieu sainct de l'Autel on met le Reliquaire
Qu'on void vne fois l'an, comme le Sanctuaire.

En l'Eglise à Bolsene, où le faict arriua,
On a pourtraict l'Histoire, en bosse on l'éleua
Du marbre le plus fin, taillé en personnages:
Ce qui surpasse encor tous les autres ouurages.

Pour nous exciter tous à la deuotion,
Et joindre le Seruice à nostre intention.
Les Papes ont donné diuerses Indulgences
A l'Office, à la suite, & par des differences,
Et ceux-là qui diront en ce monde mortel,
LOVE SOIT LE TRES-SAINT SACREMENT DE L'AVTEL;
Mesme en le meditant à son heure derniere,
Auront à chaque fois Indulgence Pleniere.

O Tres-sainct Sacrement, comme icy nous croyons,
Faictes que dans le Ciel à nud nous vous voyons,
IESVS voilé çà bas, & là haut face à face,
Dieu, donnez-nous vous mesme, & nous faites la grace,
Que possedez de vous, & nous vous possedans,
Vous & nous soyons vn, au dernier de vos ans;
Que pour solenniser icy vostre Memoire,
Nous puissions à jamais jouïr de vostre gloire.

Pour sçauoir quelle elle est, certes il nous faudroit
D'vn crayon rauissant descrire en cét endroit,
Celle là qu'il fit voir à trois Saincts de sa troupe,
Sur le mont de Tabor, & sa plus haute croupe.

Tel il eſt dans le Ciel, tel au Sainct Sacrement,
On le porte en ſa gloire, & voicy donc comment.

    IESVS transfiguré ſur la haute montagne
Comme vne Tour plantée en la vaſte campagne
Du lot de Zabulon, apparut radieux,
Comme vn Soleil d'Eſté, ce Corps tout glorieux.
Sa face eſtoit changée, & d'vne beauté telle,
Qu'il n'euſt pû eſtre creu de la race mortelle :
Mais vn Dieu tout puiſſant, deſcendu des hauts Cieux,
Pour eſtre le delice aux ames & aux yeux,
Et ſe faire adorer par amour non par guerre,
Aux Peuples & aux Rois de ce rond de la terre.
Ses veſtemens auſſi changerent de couleur,
La neige & le foulon n'ont point cette blancheur,
L'eſtoffe meſme eſtoit diaphane & celeſte,
En ce ſiecle icy bas, il n'eſt rien de ſi leſte.
La Majeſté, la Gloire aſſiſes ſur ſon front,
Produiſent des rayons, qui s'éleuent en rond
Alentour de ſa teſte, & font vne couronne,
Laquelle comme vn Ciel, tout ſon Corps enuironne,
Les Anges par eſſains, pluſtoſt par legions,
Le ſeruent en grand crainte, en troupe, à millions.

    Pendant que IESVS-CHRIST changeoit ainſi de face,
Qu'au lieu du corps mortel la gloire prend ſa place,
Qu'au lieu de ſes habits ſubjets au changement,
Il reueſtoit ſur luy ce diuin ornement :
Pierre, Iacques, & Iean appeſantis ſommeillent,
Rauis de le voir tel alors qu'ils ſe réueillent.

                                  Ils

Ils s'efforcent en vain d'empefcher que leur œil,
Ne fe ferme vaincu, ne fuccombe au fommeil,
Dieu mefme les endort, & par là les difpofe
A mieux voir tout à coup cette Metamorphofe,
Cette tranfition en vn Corps glorieux,
La felicité mefme & de l'ame & des yeux:
Merueille que jamais la terre n'auoit veuë,
Merueille jufqu'alors aux hommes incognuë:
Merueille que les Cieux à jamais contiendront,
Lors que les corps des Sainfts tous refufciteront.
Qu'ils contiennent défja, depuis cette journée
De fon Afcenfion, & que fut couronnée
La Mere de Dieu mefme en fa virginité,
Demeurant tousjours Vierge en fa fecondité.
Ces deux Corps glorieux éblouïffent les Anges,
Leur lumiere eft l'objeft de toutes leurs loüanges.
Les Sainfts réfufcitez les auront à leurs yeux,
Pour leur felicité, le comble de leur mieux :
Et l'ame & l'intelleft verra Dieu face à face,
Son Eftre tel qu'il eft, non plus dans vne glace,
Vn Enigme, vn miroir, comme icy l'on le void,
Par la foy reuelée, & tel que l'on le croit.

Le Corps dedans le Ciel, a le don d'eftre agile,
De n'auoir point de poids, d'eftre prompt, d'eftre habile,
A fuiure fon efprit par tout en vn inftant,
De l'vn à l'autre pole, à tout obeïffant,
Lumineux, impaffible, & qui par tout penetre,
Sans que rien luy refifte, & s'oppofe à fon eftre.

D

Mourant on ſeme en terre vn corps materiel,
Et quand il reſuſcite, il eſt ſpirituel,
Doüe de tous ces dons par la gloire de l'ame,
Et de ſa redondance, ainſi que d'vne flâme,
Laquelle conuertit tout l'air en ſa ſplendeur,
Tout ſon corps participe ainſi en ſon bon-heur.
Et comme il a ſouffert de la mort le ſupplice,
L'ame le fait iouïr des fruicts de ſa iuſtice,
Selon le haut degré que Dieu par ſa bonté
Donne à l'ame fidelle aupres ſa Majeſté.
    I E S V S viuant çà bas aux yeux a fait paroiſtre
Son Corps ainſi doüé pour ſe faire cognoiſtre
Dieu tout puiſſant en terre, & ſon Corps glorieux,
Agile en cheminant ſur les humides lieux,
Subtil en penetrant les corps les plus ſolides,
Impaßible en ieuſnant és deſers plus arides,
Priant quarante iours ſans jamais auoir faim,
Refuſant de changer des pierres en du pain,
Et transſubſtantiant le Pain en ſon Corps meſme,
Et le vin en ſon Sang, d'vne bonté extreſme,
Se donnant pour viande à noſtre ame, à nos corps,
Pour nous reſuſciter du ſepulchre des morts,
Comme chair de ſa chair, os de ſes os, & eſtre
Transformez en luy-meſme, & nous faire renaiſtre
Fils de Dieu adoptifs, comme il l'eſt naturel,
Heritiers comme luy du Royaume Eternel,
Se reſeruant la Croix pour tout ſon aduantage,
Il nous donne la gloire & le Ciel en partage,

Pour la dot de clarté plus illuftre que l'or,
Il la monftra des lors fur le mont de Tabor.

   En ce Sainét Sacrement il eft tel en fa gloire,
Tel il faut le feruir, l'adorer & le croire,
O Iesvs Homme-Dieu, tout puiffant, immortel,
Lové soit le Tres-saint Sacrement de l'Avtel.

LOVANGE A DIEV, ET A LA VIERGE SA MERE.

NOVS fous-figné Doéteur en Theologie, certifions auoir leu *Le Triomphe de IESVS au Tres-fainét Sacrement de l'Autel,* auquel n'auons rien trouué de contraire à la Religion Catholique, Apoftolique & Romaine. Faiét à Paris, ce dernier Mars 1648. Ainfi figné, M. GRANDIN.

VEV l'Approbation du Sieur Grandin de ce jourd'huy, en confequence de ce, auons permis faire imprimer *Le Triomphe de IESVS au Tres fainét Sacrement de l'Autel.* Faiét ce 31. Mars 1648. Ainfi figné, D'AVBRAY.

www.ingramcontent.com/pod-product-compliance
Lightning Source LLC
Chambersburg PA
CBHW061625180626
46818CB00005B/2242